Doña Problemas,
rescatadora de mascotas

Valentín Beato, 21. 28037 Madrid
www.anayainfantilyjuvenil.com
e-mail: anayainfantilyjuvenil@anaya.es

Asesoramiento literario: Ledicia Costas

Director editorial: Pablo Cruz
Edición: Rocío Alarcos
Asistente editorial: Mercedes González Grande

1.ª edición, abril 2025

ISBN: 978-84-143-3690-8
Depósito legal: M-3336-2025

Impreso en España - *Printed in Spain*

PAPEL DE FIBRA
CERTIFICADA

El Hematocrítico

Doña Problemas, rescatadora de mascotas

Ilustraciones de Paco Roca

ANAYA

Para Isabel y Manuela.
El Hematocrítico

Para Sabina y Melisa.
Paco Roca

1. Una señora muy peluda en el cine

Carlota y yo estábamos sentados en el cine, esperando a que apagasen las luces. Habíamos llegado con bastante antelación, porque era la segunda parte de una peli que yo no había visto y Carlota quería explicarme bien lo que había pasado en la anterior para que no me perdiera nada y pudiera seguirla sin problemas. Es mi mejor amiga, y se nota en detalles de este tipo.

—En cada universo existe un Spiderman —me estaba explicando—. Entonces se abre una brecha multidimensional y se juntan los Spiderman de cada universo.

—¿Por eso hay tantos en el póster?

—Sí, sí. Está el Spiderman normal, el Spiderman normal pero más moderno, uno que es una chica que tiene un robot gigante, una chica superguapa con capucha, un Spiderman en blanco y negro, un Spiderman cerdo...

—¿Cómo? ¿Un cerdo Spiderman? —me reí. La verdad es que tenía buena pinta.

La peli tenía que estar muy bien. Faltaba todavía un rato para empezar y el cine estaba llenándose hasta los topes. Me gusta mucho ir al cine, y cuando la sala está llena y todo el mundo está riéndose y aplaudiendo todavía me gusta más.

—Entonces, resulta que aparece una mujer con brazos de pulpo mecánicos y...

—Perdonad...

Dos niñas que no conocíamos de nada se habían acercado a hablar con nosotros.

—¿Sí? ¿Pasa algo? —les pregunté.

—¡Queremos haceros una pregunta!

—¿Qué pregunta?

—¿Tú eres Doña Problemas?

Sí. Es Doña Problemas. Mi amiga Carlota trabaja resolviendo los problemas de nuestros compañeros de colegio. Hace unas semanas, este mismo curso, tuvimos un jaleo muy grande en el colegio cuando una profesora malvada quiso dejarnos sin recreo. Carlota se enfrentó a ella organizando una revolución, y la televisión la entrevistó. El caso es que el vídeo de Carlota explicando lo que hace en los recreos se hizo viral. Eso quiere decir que se propagó como una gripe, y lo vieron miles y miles de niños de todo el país. Ahora, a veces, la paran por la calle porque la reconocen.

—¡Y tú eres Juan, su ayudante!

Ah, sí. En el vídeo también salía yo.

—¡Sí! ¡Somos nosotros!

—¡En el mismo cine que nosotras! ¡Qué fuerte, Lía! —le dijo una a la otra.

—¡Esto es increíble, Celia!

Se las veía emocionadísimas. Nosotros, he de reconocer, también nos habíamos emocionado un poquito. Ya nos había pasado una vez en el parque y otra en una tienda de chuches. ¿Será así como se sienten las personas que son famosas?

—¿Nos hacemos un selfi? —No nos dio tiempo a responder y ya habíamos sido retratados por su móvil, que tiene un flash particularmente deslumbrante.

No sé a qué botón le dio, pero no nos hizo una foto, nos hizo como 350 seguidas.

—¡Qué majas sois! —les dijo Carlota—. ¡Gracias por venir a saludarme!

—Ah, no. No hemos venido a saludarte. O sea, sí. Pero ya que estamos..., te queremos pedir un favor. Necesitamos que nos ayudes con un problema.

—¿Tenéis un problema en el cole? —les pregunté.

—No. Tenemos un problema aquí en el cine. Tenemos *ese* problema.

Dijo esto señalando la cabeza de una señora con un pelo de tamaño bastante considerable. Tenía una enorme permanente rizada de color caoba que dificultaría la visión hasta de un jugador de baloncesto. Parecía un arbusto incrustado.

—Entiendo. ¿Quieres que yo hable con ella?

—Sí, por favor. A nosotras nos da muchísima vergüenza.

La verdad es que no parecían demasiado tímidas estas dos. Pero allá fuimos, Carlota y yo, para hablar con la señora del pelo gigantesco.

—Hola, buenas tardes —le dijo Carlota a la señora peluda.

—¡Hola! ¿Qué ocurre?

—Verá... Me llamo Carlota, pero todo el mundo me llama Doña Problemas, porque me dedico a resolverlos. El caso es que... esas niñas de atrás...

Lía y Celia disimulaban mirando el móvil como si la cosa no fuera con ellas.

—¿Qué les pasa?

—Que no ven. Tiene usted un peinado gigantesco y estas niñas se van a perder la película.

—Oh. Entiendo —dijo la señora—, pero me han dado esta butaca, y estoy aquí con mi hija.

Saludamos a una chica adolescente que no levantó la cabeza del móvil, en el que tecleaba de forma compulsiva.

—Además, el cine está lleno, no podría sentarme en otro sitio...

Carlota miró por encima y vio a un adolescente particularmente alto sentado con dos amigas. Tuvo una idea... ¿Quizás se querrían cambiar con Lía y Celia?

Se lo estaba proponiendo cuando las luces se apagaron y empezaron a poner en la pantalla un anuncio de teléfonos móviles.

—¡Un momento! ¡Quietos, por favor! ¿Podemos parar un minuto?

Un empleado del cine apareció con una linterna.

—¿Qué pasa? —preguntó, apuntando a Carlota con un rayo de luz.

La sombra de Doña Carlota se proyectaba sobre la pantalla, como si fuera la señal de Batman.

—Disculpe, disculpe. Solo será un momentito. Le prometo que no tardaré nada. Y todos acabaremos contentos —dijo Carlota con su tono de voz más amable.

—Sí, por favor —comentó Lía—. Solo será un momentito. ¡Es Doña Problemas!

—¿Doña Problemas la del vídeo de YouTube? —gritó alguien.

—¡Deje hablar a Doña Problemas! —se sumó otra voz.

El empleado sacó una radio del bolsillo, habló con alguien del cine, se paró la proyección y Doña Problemas tomó el control de la situación. Volvieron a encender las luces.

Los adolescentes se sentaron en el sitio de Lía y Celia, aunque hubo que mover a un señor que venía solo a ver la peli y no le importaba sentarse atrás. Ese señor bloqueaba a un par de niños pequeños que venían con su tío, que no tuvieron inconveniente en cambiarse con una familia de turistas que parecían encantados por la experiencia. Hasta nos hicieron un par de fotos.

Tardamos seis minutos en mover, colocar y organizar a todos los espectadores de la proyección.

—Creo que ya está. ¿Veis todos bien?

El público nos regaló un aplauso gigantesco. Se apagaron las luces y disfrutamos de la película. Los muchos Spiderman no eran los únicos superhéroes que estaban en la sala. Así es Carlota. Así es Doña Problemas.

2. Un niño que se cae en un charco

La semana del colegio empezó con un día de muchísima lluvia. Cuando cae tanta agua no podemos trabajar en nuestra oficina, así que tenemos que refugiarnos en unos soportales como el resto del colegio. Estamos todos apretujados y la principal actividad es charlar con tus amigos, con la dificultad añadida de que al estar todos concentrados en el mismo espacio cada vez hay más ruido. Carlota y yo hablábamos de la película de Spiderman, de profesores, de compañeros y de chistes, cuando una pelota pasó rozándonos a una velocidad considerable antes de impactar contra la pared.

—Pero ¿qué están haciendo? ¿Quién está jugando al fútbol en los soportales cuando llueve?

Es algo que está estrictamente prohibido, por respeto a todos los que estamos ahí hacinados y por pura lógica. Miramos y descubrimos a los responsables. Eran Luisito, Alan y Raúl, un trío de niños de primero que conocíamos bien y que no se caracterizaban precisamente por su sensatez o su prudencia.

—¡Chicos! ¡Que nos vais a dar un pelotazo!

—Jo, Carlota. ¡Es que los días de lluvia son un rollo! —protestó Alan.

Otro pelotazo impactó en una pared a pocos centímetros de una niña de quinto que estaba comiendo un bocadillo de jamón, y que se marchó a refugiarse a otra esquina de los soportales.

—¡Tenéis que parar, chicos!

—¡Último penalti! —gritó Alan.

Fue, efectivamente, el último penalti. La pelota golpeó contra la espalda de nuestro amigo Hugo, que probablemente ni se enteró. Pero la pelota salió volando hacia el centro del patio.

—¡Mi pelota! —gritó Luisito.

Fue como un grito a cámara lenta, estirado. Sonó así:

—¡MIIIIIIIIII PEEEEEEEEEEEEEE-LOOOOOOOOOOOOOOOOTAAAAA-AAAAAA! —Y mientras decía eso, se fue corriendo y directo hacia su balón.

Una zapatilla de Luisito muy gastada por el fútbol tocó una baldosa del patio muy resbaladiza por el agua, y se produjo una desgracia. Luisito patinó, perdió el control de su ya habitualmente descontrolado cuerpo, y acabó de cabeza en un charco de un palmo de profundidad. Parecía una rana saliendo de un lago.

Carlota y yo nos miramos y no tuvimos que decir nada. Sacó un paraguas plegable diminuto del bolsillo de su sudadera, y fuimos a por el Luisito empapado para llevárnoslo al vestuario.

Tenemos ropa de todas las tallas posibles que fuimos coleccionando del armario de objetos perdidos y guardamos en una taquilla olvidada del vestuario del polideportivo. Decidimos esconderla allí porque además hay toallas y un secador. Así que le dimos un repaso potente y optamos por una combinación aceptable de pantalón de chándal rojo con sudadera de Snoopy amarilla. Con unos calcetines desparejados y unos zapatos azul marinos conseguimos solucionar bastante bien la papeleta. La pinta era impresentable, pero al menos estaba seco y no cogería un resfriado. Le dimos una bolsa con su ropa empapada para que llevase una sorpresa a su familia.

—Toma, Luisito, y, por favor, no juguéis al fútbol cuando llueve.

Estábamos saliendo del gimnasio cuando vimos que Amelia nos estaba buscando desde los soportales. Hacía gestos con los brazos.

—¿Qué pasa? —preguntamos cuando nos acercamos bajo el paraguas.

—¿Dónde estabais? ¡Llevo un buen rato buscándoos!

—En el vestuario; tuvimos que cambiar a Luisito que se había caído en un charco.

—¡Te están buscando!

—¿Quién?

—¡Esa!

Señaló a una niña que estaba fuera del colegio. Estaba esperando bajo la lluvia, aguantando el chaparrón con solo un chubasquero.

—¿Esa niña? ¿Quién es? —pregunté—. ¿Qué hace ahí fuera?

—Ni idea—respondió Amelia—. No es de este cole. Ha aparecido en medio del recreo, bajo la lluvia, y está preguntando por Doña Problemas. Dice que necesita hablar contigo.

Nos miramos y acudimos todo lo rápido que pudimos. Hablamos con ella a través de la valla.

—¡Hola! —dijo Carlota—. ¿Me buscabas?

—¡Eres tú! —exclamó la niña—. ¡Por fin! ¡Eres Doña Problemas! ¡Te reconozco del vídeo!

—Sí. Soy yo. ¿Qué te pasa?

—¡Necesito tu ayuda! ¡Tengo un problema!

Justo en ese momento, empezó a sonar el timbre que marcaba el final del recreo. Nos teníamos que ir.

—¡Oh, no, es hora de irnos!

—Yo también tengo que irme. Me he escapado de mi colegio para venir hasta aquí.

—¿Qué? ¿Pero qué te pasa?

Nuestros compañeros ya se estaban marchando para clase.

—¿Conoces el parque que hay cerca del supermercado, ahí detrás? —le señalé.

—No, no soy de por aquí. Vivo bastante lejos.

—Busca el parque de la plaza de San Miguel; nos vemos allí hoy a las cinco y media y hablamos. ¿Podrás venir?

—Sí —dijo la niña con una cara de felicidad completa.

—¿Cómo te llamas? —le pregunté.

—Soy Carmen. ¡Hasta esta tarde!

Y desapareció. También nosotros nos marchamos, cada uno para su propia clase con nuestros corazones latiendo apresurados en el pecho. Y eso que no teníamos ni idea de la dimensión del problemón en el que estábamos a punto de meternos.

3. Una jaula abierta por accidente

Por la tarde ya no llovía tanto. Cuando nos encontramos con Carmen, ya podíamos incluso sentarnos en un banco. Estaba deseando escuchar la historia de esa niña. ¿Qué problema podía tener para haberse escapado de su colegio para encontrarnos?

—¿Cómo hiciste para no ir al cole? —fue lo primero que le pregunté. Por pura curiosidad.

—Fingí que estaba enferma. Le conté a mi profe que me estaba mareando y que me encontraba mal. Me dijeron que llamase a mi casa, pero no llamé. Bajé a portería y simulé una conversación con ellos, en la que decían que me fuera a casa en autobús porque no me podían ir a buscar. Como soy una estudiante buenísima, saque todo dieces, menos un nueve en Religión y en Educación Física, siempre me creen, así que me dejaron marcharme sola. Luego volví al colegio para estar en las inmediaciones cuando mi madre me vino a buscar, y listo. He venido aquí directamente para hablar con vosotros.

Carmen hablaba rapidísimo, costaba bastante seguirle el ritmo. Si te desconcentrabas un poquito, perdías el hilo de la conversación con mucha facilidad. Al menos yo. Se notaba que estaba alterada. Algo la perturbaba.

Carlota parecía escuchar con muchísima atención mientras asentía con la cabeza. La conozco bien y sé que ella aprobaría esta estrategia para salir del colegio para hacer recados.

—Cuéntanos tu problema, Carmen —le pidió.

—Este es mi problema.

Nos enseñó un folio que tenía un cartel que había hecho ella misma. En letras grandes y negras ponía *SE BUSCA*, y también había una fotografía de un loro muy bonito verde y amarillo. El mensaje completo era:

SE BUSCA
NINFA VERDE
PERDIDA.
SE LLAMA RIQUI,
HABLA Y SILBA
MUCHAS CANCIONES.
SABE CANTAR LAS CANCIONES
DE FROZEN.

Y debajo, el teléfono de algún familiar de Carmen.

—Habéis perdido el loro —dije.

—Lora. Es una chica. Es una ninfa verde. Tiene siete años. Se llama Riqui y es mi mejor amiga. Hablamos muchísimo. También practicamos canciones, sus favoritas son las que tienen silbidos, como *Don't Worry, Be Happy*, pero también le

SE BUSCA
NINFA VERD
PERDIDA

encantan las de las películas y las de la radio. Su película favorita es *Frozen*. La quiero mucho y la echo muchísimo de menos.

—Entonces necesitas que localicemos a tu lorita. —Carlota intentó abrirse hueco en la conversación en un silencio que le dejó Carmen.

—No, porque ya sé dónde está. Bueno.

Al menos sé quién la tiene.

—¿Qué quieres decir? —La cosa se estaba poniendo verdaderamente misteriosa.

Carmen nos señaló el cartel y dijo:

—Mis padres y yo colgamos este cartel por todo nuestro barrio, y un día alguien nos llamó. Nos dijo que tenía a Riqui. ¿Y sabéis qué? Era verdad, porque la escuché. Podía oír a Riqui de fondo mientras él hablaba. Dijo que tenía la ventana abierta de casa, que estaba escuchando un disco de música clásica y que Riqui había entrado dentro de su piso para disfrutar de alguna melodía. Y me pega muchísimo. Es taaan Riqui eso. ¡TAN RIQUI!

—Bueno, pues ¿cuál es el problema entonces? ¡Misión resuelta!, ¿no?

—Ojalá. —Carmen se puso superseria.

—¿Qué ocurre?

—El señor que nos llamó dijo que le había dado una comida muy buena a Riqui, que la había bañado y cuidado de maravilla. Y que teníamos que compensarle por las molestias y por los gastos ocasionados. Mis padres me dijeron que de ninguna manera íbamos a hacerle caso y que seguramente era alguien que se quería aprovechar de mí. Pero yo la escuché. Sé que tiene a Riqui. Me mandó fotos y grabaciones.

—Entonces, tienes el teléfono de ese hombre para que podamos hablar con él. Quizás podamos convencerle de que te la devuelva…

—No. No hay manera. Solo acepta reunirse conmigo si le llevo el dinero.

Nos quedamos un rato viendo tres fotos que le había enviado ese hombre, y escuchamos una grabación de Riqui cantando *Hazme un muñeco de nieve*.

La situación era verdaderamente complicada. Nunca nos habíamos visto con algo tan... tan... turbio. Estábamos hablando de un secuestrador de animales chantajista. Eso era algo muy serio, quizás demasiado para nosotros.

—A lo mejor podemos avisar a la policía —propuso Doña Problemas.

Carmen se levantó del banco con gesto muy serio. Una lágrima le cayó por la mejilla.

—Es que ha dicho que si avisamos a alguien, la dejará marchar de nuevo. Que le abrirá la ventana y que entonces nunca la volveremos a ver ni él ni yo.

—Entonces, Carmen, dínoslo claramente. ¿Qué es lo que necesitas de nosotros? ¿Por qué te has escapado del colegio para contactar con Doña Problemas? —le pregunté directamente.

—Porque necesito trescientos euros. Tengo cuatro días para reunir esa cantidad o abrirá la ventana y... «Adiós, Riqui».

Ese fue el momento en el que ya no pudo reprimir un llanto. Se le empezaron a desbordar las lágrimas, resbalando hasta el cuello de su chubasquero

Carlota me miró con gesto serio. Había tomado una decisión y yo sabía cuál era.

—Muy bien, Carmen. Vamos a ayudarte. Conseguiremos los trescientos euros y te ayudaremos a recuperar a tu ninfa secuestrada.

Doña Problemas no llevaba chubasquero, pero le habría hecho falta. Las lágrimas de Carmen salpicaron su cara y su espalda mientras esta la abrazaba y le daba besos. Cuando acabó con ella empezó conmigo. Era una niña muy intensa.

Cuando se fue Carmen, me quedé ahí con Carlota un rato.

—¿Y cómo vamos a conseguir trescientos euros?

—¿La verdad, Juan? No tengo ni la menor idea.

4. Una cantidad de dinero exagerada

32 Al acabar la reunión con Carmen, invité a Carlota a merendar a mi casa para comenzar a pensar en cómo podíamos enfrentarnos a ese problema. Trescientos euros son, evidentemente, muchísimo dinero. Es más dinero del que yo nunca he visto junto. A veces, cuando voy al supermercado con mis padres y abren su cartera para pagar, veo que tienen tres, cuatro, quizás cinco billetes juntos. No sé cuánto sumarán en total, pero trescientos euros seguro que no.

—Eso es más de lo que cuesta una consola —me dijo Carlota—. Es mucho, muchísimo dinero.

—¿Tú tienes dinero ahorrado? —le pregunté.

—Todo el dinero que consigo lo utilizo para mis cosas de Doña Problemas. Me lo gasto en fotocopias, en carpetas, en material de investigación, básicamente.

—Y en megáfonos y pancartas —le recordé su última gran inversión.

—Sí. Ahí me dejé todo lo que tenía en la hucha en ese momento… ¿Y tú?

—Yo tengo un billete de veinte euros que me regaló mi abuela y que guardo para una emergencia; pero, vamos, esto es una emergencia, sin duda.

Estábamos solos en mi casa. Mi madre había salido a dar un paseo con mi abuelo, y nosotros charlábamos en el salón sobre métodos para conseguir dinero en tan poco tiempo.

—Podríamos vender cosas que ya no necesitemos —propuso Carlota.

—¿El qué? Yo tampoco tengo cosas que me sobren y que sean geniales. Si me tuviera que desprender de un juguete o un libro por unos céntimos me sentiría bastante tonto, la verdad. Me encantan mis cosas.

—Ya. Y a mí las mías.

Supongo que eso es una buena idea si tienes muchas cosas, como varias consolas o un montonazo de cómics que ya no lees. Pero ni Carlota ni yo tenemos demasiadas cosas.

Mientras hablaba con Carlota, jugaba con los dedos entre los cojines del sofá. Noté algo, y de repente…

—Un momento.

Me levanté, quité el cojín del sofá y me encontré con una estampa terrorífica. ¿Habéis visto alguna vez la de cosas que hay debajo de los cojines del sofá? Cosas que se caen cuando estás sentado, que estaban en un plato o en un bolsillo. Pequeños objetos perdidos que se combinan para vivir en rincones que nunca ven el sol.

Me encontré con dos botones, una uva pasa fosilizada, un cromo de un dinosaurio, un Playmobil bombero, dos piezas de Lego, una cucharilla, un marcapáginas y pelusa. Mucha pelusa. La suficiente pelusa como para formar con ella una bola de tenis grande. Y, justo como sospeché, encontré monedas. No demasiadas. Las cogimos, las juntamos y las sumamos.

—Un euro veinticinco —dijo Carlota.

—No es gran cosa —comenté, resignado.

—¡No esperarías encontrar cien euros ahí metidos! —bromeó Carlota.

—No, claro —reí—, pero ya me dirás qué hacemos con esta birria.

—Creo que he tenido una idea. ¡Vamos a mi casa!

Mi corazón se puso del revés y a latir a mil por hora. Carlota no me había invitado a su casa nunca. Me lo soltó así, tan de repente que casi me desmayo.

—¡Vamos! —dije. Y fuimos.

Subiendo a su piso me di cuenta de por qué Carlota parecía tener una energía tan inagotable. Era un sexto y no tenía ascensor. Ella lo subía sin problemas mientras charlaba, pero yo tenía la lengua fuera desde el tercero.

—Venga, Juan, que ya casi estamos.

—Estoy bien, estoy bien —le mentí. Estaba fatal. Los pulmones los tenía del revés, el corazón bailaba reguetón y mi lengua estaba casi por los escalones. Necesitaba aire urgentemente.

Abrió la puerta con sus llaves y saludó:

—¡Hola! ¡He venido con un amigo!

No respondió nadie.

—¿No están tus padres?

—Están trabajando —me dijo.

Era bastante tarde, lo que me sorprendió. Pero entonces, ¿a quién saludaba? Entramos en el salón y me presentó a alguien que ni sabía que existía. Carlota tenía una hermana mayor que se llamaba Raquel. Era mayor, pero muy mayor. Tanto, que me sorprendió, pero me sorprendió todavía más que existiese. Carlota no contaba demasiado de su vida personal, pero nunca me había dicho que tenía una hermana.

—¡Hola, Carlota! ¿A quién te traes?

—¡Es Juan!

—Oh, el famoso Juan.

Parece que ella sí le había hablado a su hermana de mí.

—¿Podemos utilizar el salón un momento?

—Claro. Estaba descansando un poco de estudiar. Ya os dejo. Encantado de conocerte, Don Problemas —me dijo, y pasó su mano por mi pelo.

Era encantadora.

—¿Qué está estudiando? —le pregunté a Carlota en cuanto nos quedamos solos.

—Está preparando un examen al que se va a presentar, para trabajar en una biblioteca —me dijo.

—Pero ¿cuántos años tiene?

—Tiene quince más que yo.

—¡Quince! Eso es muchísimo. ¿Por qué nunca me contaste que tenías una hermana?

—No sé —me dijo—. Siempre estamos haciendo cosas más interesantes que hablar de mis hermanos, la verdad.

—¿Hermanos? ¿Tienes más?

Carlota se encogió de hombros y dijo:

—Sí. Tengo seis.

—¿Seis? ¿Y dónde están? ¿Cómo son? ¿Qué hacen?

—Uno vive en Alemania, otra está estudiando en Londres y dos trabajan en Canadá. Raquel vivía en Tenerife, pero se ha vuelto a casa con nosotros. Y otro vive aquí en Madrid.

—¿Por qué nunca me habías contado todo esto?

—No sé. No me parecía interesante —dijo Carlota, respecto a lo que parecía la familia más interesante del planeta.

—Venga, Juan. Vamos a lo que nos ocupa. Tenemos poco tiempo.

—¿Por qué hemos venido aquí?

—Necesito comprobar una cosa.

Carlota levantó en ese momento el cojín de su sofá. El panorama era muy parecido al que me encontré en mi casa. Había cacahuetes, cáscaras de pipas, un caramelo de menta, un caballo de juguete, una ficha azul de parchís, un dado, una pieza de un puzle. Pelusa, muchísima pelusa, y noventa céntimos.

—Todavía menos que en mi casa —dije—. Así no nos llega para nada.

—Al contrario, Juan. Acabamos de dar con la solución para nuestros problemas.

Se fue a la cocina y volvió con un cuchillo gigantesco, como de cortar el pan. Me dio un susto tremendo. Pero ella sonrió y me dijo:

—¡A trabajar!

Cogió un bote de cacao vacío que estaba en la papelera de reciclaje y atravesó la tapa roja con el cuchillo.

Cuando terminó, metió dentro de la hucha improvisada las monedas de su sofá y del mío. Agitó la hucha y me dijo:

—¡Cling, cling!

Me tuve que reír. Carlota es divertidísima.

5. El Banco de los Sofás

Al día siguiente, en el recreo, fuimos hablando con todos los grupos y corriendo la voz sobre nuestra operación. Sin dar muchos detalles, les dijimos que necesitábamos rescatar a un loro secuestrado y que queríamos que nos trajera cada uno las monedas que encontrase en su sofá al levantar los cojines. Ni más ni menos. Solo eso. A nuestros compañeros la idea les pareció superatractiva. Les picaba la curiosidad.

—¿Cómo que hay monedas debajo de los cojines del sofá? —preguntó Hugo, sorprendido.

—Tú echa un vistazo y compruébalo. Mañana nos las traes.

La idea era, como todas las de Carlota, perfecta. Si tuvieran que pedir dinero a sus padres, saltarían las alarmas y muchas familias se mosquearían. ¿Pero esas monedas? Nadie va a echar de menos a esas moneditas huérfanas, esa calderilla abandonada a su suerte condenada a pasar el resto de sus días debajo de un cojín gigante hasta que llegue el día de la limpieza general.

Ahora solo nos tocaba esperar un día más y empezar a recolectar el dinero.

Y eso hicimos. Al día siguiente pusimos la hucha en el despacho, corrimos la voz, y casi todos los niños y niñas del colegio pasaron a decirnos cuánto habían encontrado y a contarnos la experiencia.

—Yo encontré una moneda de dos euros. ¡Dos eurazos olvidados! Estaban en una bola con un calcetín y el palo de un helado —dijo alguien.

—Tomad, un euro y diez céntimos. Lo mejor de todo es que encontré la tapa de las pilas del mando a distancia que mi padre creía que se había comido mi perro.

—¡Cincuenta y cinco céntimos encontré yo! ¡Y el Darth Vader de Lego! ¡Resulta que no lo había perdido! ¡Ahora tengo dos!

La hucha empezó a llenarse a toda velocidad. Da gusto lo bien que nuestros compañeros aceptan nuestras propuestas y nos ayudan. Ya pasaba antes, pero desde que los ayudamos a recuperar el patio es como si todos fuéramos del mismo equipo. Es una maravilla.

Por la tarde volvimos a casa de Carlota y vaciamos el contenido del bote en la mesa de la cocina. Raquel vino corriendo, asustada por el estrépito.

—Pero bueno, ¿de dónde habéis sacado eso?

—De debajo de los cojines del sofá del salón —respondió.

—Literalmente —añadí yo. Nos miró extrañada y volvió a estudiar.

Nos pusimos a separar las monedas, haciendo montoncitos con las que eran iguales. Columnas de monedas de un céntimo, de dos, de cinco, de diez…

Mientras hacíamos eso, intenté tirarle un poco más de la lengua a Carlota.

—Es maja Raquel, ¿eh?

—Sí —contestó, sin querer profundizar mucho en el tema.

—¡Mira que no haberme hablado antes de ella!

—Es una hermana que estudia para ser bibliotecaria, tampoco es que sea..., no sé, especialista en falsificaciones de obras de arte.

—Claro, pero...

—Ese es uno de los de Canadá —dijo, como si tal cosa.

—¡¿Qué?! ¿Tienes un hermano experto en falsificaciones de obras de arte?

—Sí. Larry.

—¡Y se llama Larry! ¿Por qué se fue a vivir a Canadá?

—Porque echaba mucho de menos a mi otro hermano que vive allí, son gemelos.

—¿Y a qué se dedica?

—Es entrenador de perros.

—¡¡¿QUÉ?!!

Cada cosa que me contaba Carlota sobre su familia era más increíble. Ahora necesitaba escuchar cada detalle, cada profesión, cada...

—Juan, por favor. Me estás desconcentrando. A ver..., esto son cinco, diez... Uy.

Carlota terminó de contar y se quedó muy seria.

—¿Qué pasa? ¿Cuánto falta?

Me miró con una sonrisa de oreja a oreja y dijo:

—Trescientos cincuenta y cuatro euros con cuarenta y siete céntimos.

—¡Nos hemos pasado! —exclamé.

—Misión cumplida —dijo Carlota—. Viva el Banco de los Sofás.

6. Una melodía sospechosamente familiar

La señora que trabaja en el supermercado donde vamos a hacer la compra Carlota y yo, puso cara de sorprendida cuando fuimos a llevarle el bote lleno de calderilla para que nos lo cambiase en billetes. No parecía muy inteligente llevarle esa cosa tan pesada y llena de monedas a un secuestrador de loros chantajista. Lo consultó con la coordinadora de la tienda, que llamó a la coordinadora de la zona, que no sé si llamó a alguien o no, pero el caso es que no nos lo cambió.

Tampoco nos lo cambiaron en la charcutería, en la panadería, en el bar ni en la hamburguesería. A nadie le apetecía tener un bote entero de cacao lleno de calderilla en su caja.

—Pues tendrá que ser así. Espero que ese señor tan chantajista no sea un tiquismiquis —dije yo.

—Como se ponga a contarlo para comprobar si está todo, echamos allí un buen rato —bromeó Carlota, agitando las monedas

El bote sonaba como unas maracas gigantes con exactamente trescientos euros en monedas de todo tipo. El resto lo habíamos dejado en casa de Carlota. Tampoco era cuestión de pagarle de más a ese tipo sin escrúpulos.

Quedamos con Carmen en el parque de la otra vez. La idea era llamar a ese señor para decirle que teníamos el dinero y concertar una cita.

Nos estaba esperando verdaderamente emocionada.

—¡Ay! ¡Qué bien! ¡Lo habéis logrado! ¡Yo sabía que lo ibais a conseguir! ¡Sabía que Doña Problemas no me iba a decepcionar!

Empezó a cubrir a Carlota de besos y abrazos. A mí también me cayeron unos cuantos. La verdad es que Carmen era una chica supermaja.

—Bueno, pues vamos allá. Tienes que llamar a ese señor. Pon el altavoz para que podamos escuchar la conversación.

Así lo hizo.

El teléfono sonó cuatro veces antes de que el señor contestase.

—¿Sí?

—Hola, soy Carmen —dijo Carmen.

—Hola, Carmen. ¡Qué bien que hayas llamado! Se me estaba acabando el alpiste, estaba a puntito de abrir la ventana para liberar a tu lorita Nicki.

—Riqui

—Eso, Riqui. ¡Qué bien, qué bien! ¿Has conseguido el dinero?

—Sí, los trescientos euros que dijiste.

—Muy bien, muy bien.

Carlota hizo un gesto como de ¡un momento! Y le enseñó una libreta en la que estaba escrito: *DILE QUE QUIERES ESCUCHARLA*. Carmen asintió.

—Me gustaría escucharla, a ver si está bien.

—¡Claro, claro! Espera, que la acerco al teléfono.

Se escucharon ruidos de pájaro, y Carmen se emocionó. Pero los ojos de Carlota se abrieron de par en par y me apartó del teléfono para contarme algo.

—¿Has oído eso?

—¿A Riqui? Sí, parece bastante mona, tengo ganas de conocerla.

—No. Me refiero a «La-Da». Un «La-Da» justo antes de la lorita...

Ahora que lo decía, sí que había escuchado eso. Como dos notas musicales, pero que me sonaban muy familiares.

—¡Sí! Yo he oído el «La-Da» también.

—La-Da —empezó a repetir Doña Problemas—. La-Da. ¿De qué me suena? La-Da. La-Da.

Nos resultaba tremendamente conocido. Pero ¿de qué? Carlota repetía el sonido una y otra vez, intentando encontrar el cajoncito de su mente donde encajaba.

Yo hacía lo mismo. Carmen seguía al teléfono con el chantajista.

Entonces, Carlota me miró muy fijamente. Puso cara de haber resuelto un misterio. Y vaya si lo resolvió. Se puso a cantar:

—La energía que necesiiiitaaaaaaaaas...

Y yo continué:

—... el chocolate te la daaaaaaaaaaa.

Era la música de un anuncio de cereales.

—¡Los Chocochuquis! —grité—. ¡Es el final del anuncio de los Chocochuquis!

—¡Sí que es! —dijo Carlota—. ¿Y dónde lo has escuchado muchas veces?

Me quedé pensativo y respondí:

—En YouTube.

—Exacto. ¿Sabes lo que eso significa?

No. No tenía ni idea de lo que eso significaba, pero sabía que Carlota nos lo iba a explicar en cuanto Carmen colgase el teléfono.

—¿Cómo has quedado? —le preguntó.

—Dentro de una hora, delante del centro comercial.

—Vale. Vamos. Pero debes saber que ese hombre no tiene a tu mascota. Déjame ver las fotos que te ha enviado.

Carmen, muy nerviosa, nos enseñó la galería.

—Fíjate bien, ¿estás segura de que es Riqui?

Se puso a mirar con detenimiento las imágenes.

—¡Claro que lo es! ¡Tiene que serlo!

—Fíjate bien...

Los tres observamos con detenimiento las cuatro imágenes que había enviado. Carlota se dio cuenta de un detalle.

—Ahora que lo dices... Creo que Riqui tiene el plumaje del pecho un poco más amarillo, pero tiene que serlo. Tiene que serlo.

—Déjame tu teléfono un momento.

Carlota nos dijo que los teléfonos, además de buscar palabras o canciones, también saben buscar imágenes. Metió una de las fotos y descubrió una cosa increíble. La lorita no era Riqui. Era otra ninfa verde. Las fotos pertenecían a una página web de alguien que se llamaba Menuda Pájara. Era un blog sobre cuidados de pájaros y consejos para propietarios de aves. Tenía una ninfa verde muy parecida a la de la foto del anuncio que había impreso Carmen y como docenas y docenas de otros pájaros en su casa. La señora era una pasada.

—Me di cuenta cuando le dijiste que querías escuchar a Riqui y antes de escuchar a tu lorita escuchamos un «La-Da». ¿Tú lo escuchaste?

—Sí, y me sonaba muchísimo. ¿De qué era?

—Es el anuncio de Chocochuquis.

—¡Ah, sí! —Carmen se dio cuenta enseguida—: «el chocolate te la da». Era eso. ¡El de YouTube!

—Eso quiere decir que el sonido que has escuchado no era el de tu mascota. Sacó las fotos de un blog y buscó sonidos de ninfa verde en internet.

Una búsqueda de «sonidos de ninfa verde» daba como resultado más de quinientos vídeos diferentes. Pulsó el más popular, vimos un anuncio de algo diferente «Una colección de coches antiguos en tu kiosco más cercano» y escuchamos la grabación. Era la misma que habíamos oído antes.

—¡Es Riqui!

—Parece Riqui, pero no lo es. Las imágenes son de la web de Menuda Pájara, el sonido es de un vídeo…

—¡Yo la vi cantando *Hazme un muñeco de nieve!* —explicó Carmen—. ¡Tiene que ser ella!

Carlota buscó en Google «ninfas verdes cantando canciones de *Frozen*». Salieron docenas de vídeos. Todas las canciones de *Frozen* y de *Frozen 2*.

Uno de ellos era el vídeo que le había mandado ese sinvergüenza. A Carmen se le cayó el mundo encima.

—¿Qué está pasando? —preguntó Carmen.

—Lo que está pasando es que has quedado dentro de una hora con…

Menuda
PÁJARA
En mi página te cuento
secretos de las ave

7. Un estafador de poca monta

No acudimos a la reunión, claro. Pero estábamos cerca. Le vimos desde la acera de enfrente con unos prismáticos de plástico pequeñitos que llevaba Carlota en la mochila. Estaba nervioso y miraba a todas partes. Cuando pasó media hora, llamó a Carmen por teléfono. Sonó el móvil y contestó Carlota. Bueno, contestó Carlota, pero no. Doña Problemas es capaz de poner muchas voces diferentes cuando habla por teléfono. Es una habilidad increíble que nos ha permitido ayudar a muchas personas y que impresiona cuando la observas por primera vez. Carlota puso voz de señor mayor:

—¡Carmen! ¿Qué pasa? ¿Estás llegando tarde? ¿Te has equivocado de centro comercial?

—No soy Carmen. Soy su padre —dijo Carlota, que no era su padre, pero sin duda lo parecía.

—Oh, he quedado con tu hija para…

—Mi hija no va a ir. Está castigada sin móvil por hablar con desconocidos.

—Es que yo tengo a su mascota y he quedado con ella para devolvérsela.

—¡Puedes quedártela! Me cae fatal esa pajarraca —dijo Carlota.

—¡No quiero quedármela, quiero devolvérsela!

—Estoy hasta las narices de sus canciones y sus silbiditos. ¡Uno no puede dormir la siesta en paz en esta casa!

—Pues yo no pienso quedármela. ¡Voy a soltarla por la ventana y jamás la volverás a ver!

—¡Me alegro! —gritó Carlota con su mejor voz de viejo gruñón—. Solo espero que no encuentre el camino de vuelta a casa, porque no pienso dejarla entrar.

—¡Oye, ponme con tu hija!

—¡Está castigada! ¡Adiós! ¡Recuerdos a la pajarraca!

Y le colgó.

Miramos por los prismáticos y vimos cómo el timador cutre le daba una patada a una papelera que no tenía culpa de nada.

—¿Y ahora? —preguntó Carmen.

—Ahora, le seguimos.

Siempre a una distancia prudencial, seguimos al estafador hasta su casa. Vimos en el portal en el que se metía, a unos trescientos metros del centro comercial donde habíamos quedado. Vimos que el ascensor de su casa le había dejado en el cuarto. Y que en el cuarto izquierda había un cartel de «Se alquila».

—Ya sabemos dónde vive —dijo Carlota.

—¿Y ahora qué? —pregunté yo.

—¿Te he hablado de mi hermano Quico? —dijo, mientras cogía su teléfono.

—¿Quico? No.

—Voy a llamarle.

Su hermano Quico, el que vive en Madrid, es policía. Lo conocí esa misma tarde, cuando vino a vernos con su coche patrulla. Él y su compañero subieron a ver lo que estaba pasando y bajaron con el estafador cutre esposado. Lo metieron en el coche patrulla, y Carmen dijo:

—¡Es lo más emocionante que he vivido en toda mi vida! ¿No estáis flipando?

—No —le contesté—. Es Doña Problemas. Vivimos situaciones así casi todos los días.

Quico, el hermano de Doña Problemas, vino a hablar con nosotros.

—Lo siento mucho, Carmen, pero tu mascota no estaba en la casa. No había ningún animal. Lo que sí que encontré fue esto.

Nos enseñó el cartel que hizo Carmen de búsqueda de su lora.

—Estaba junto a estos.

Y sacó un lote de carteles parecidos. Carteles de búsqueda de loros, de gatos, de perros, uno de un tejón y otro de una serpiente.

—Es un estafador. Se aprovecha de la desesperación de la gente que ha perdido a su mascota y les manda mensajes fingiendo que las tiene. A todos les ha hecho algo parecido a lo que quería hacerte a ti..., y muchos pican, por lo que hemos visto. Tendrá que explicárselo al juez.

Quico le dijo a su hermana que había hecho bien en llamarle y que tuviera cuidado con no meterse en problemas.

—Pero, Quico..., es mi profesión.

—Ya lo sé —suspiró su hermano.

Nos dio un chupachups a cada uno y se fue en el coche.

Fue increíble haber descubierto a un estafador y haber podido entregárselo a un policía, que encima era hermano de Carlota. Pero a Carmen la noticia le sentó fatal.

—Entonces... Riqui está perdida de verdad. En todos estos días, no la ha encontrado nadie. No sé dónde está. Estoy como al principio.

Carlota puso su brazo derecho sobre el hombro de Carmen y le dijo:

—No. Como al principio no estás. Tengo una idea.

Y agitó el bote de cacao.

8. Una historia emocionante de interés humano

Media hora más tarde entramos en las oficinas de *La Noticia,* el que habíamos descubierto que era el periódico que más vendía en nuestra ciudad.

—Hola —dijo Carlota a una chica que estaba en el mostrador—. Queremos poner un anuncio.

No debían estar acostumbrados a que niños pequeños entrasen por esa puerta, porque esa mujer nos miró como si fuéramos perros que hablasen o extraterrestres.

—¿Qué hacéis, niños? Aquí no se puede entrar.

—Venimos a poner un anuncio.

—¿No sabes que los anuncios en los periódicos cuestan dinero? ¡Fuera de aquí!

Carlota sacó el bote de cacao y lo puso en la mesa de la chica. Hizo un ruido considerable, que alertó a una mujer que estaba por allí y se acercó a nosotros.

—¿Qué está pasando aquí? ¿Recaudáis dinero para una excursión? —dijo, mirando nuestra hucha improvisada.

—No, hemos venido a poner un anuncio en el periódico.

—¿Vosotros? ¿Qué queréis anunciar?

—Se me ha perdido mi lorita —dijo Carmen.

—Carmen ha hecho este anuncio —dijo Carlota, enseñando el cartel de Riqui— y lo ha colgado por todo el barrio, pero no ha funcionado. Así que he pensado que si se publica en un periódico que lee muchísima gente, será más fácil que aparezca. Y tenemos dinero.

Sacudió el bote de cacao.

—Ya lo veo. ¿Sois hermanos?

—No.

—¿Vais al mismo colegio?

—No —respondió Carmen—. Ella es Doña Problemas. Se llama Carlota.

—¿Cómo?

—¿No has visto el vídeo de YouTube?

Carlota se ruborizó un poquito, la señora no tenía ni idea de lo que le estábamos hablando.

—No, pero ahora tengo curiosidad. Venid a mi despacho.

La señora se llama Mercedes y es periodista. Tiene su propio despacho en el piso trece, que creo que es el piso más alto en el que he estado jamás. Allá nos subió para escuchar nuestra historia. Carmen le puso el vídeo de Doña Problemas y ella lo vio con muchísima atención.

—Vaya, esto es increíble —habló Mercedes—. Así que te dedicas a resolver los problemas de los demás. ¿Cuánta gente ha visto este vídeo ya?

El contador indicaba un millón ochocientas mil visualizaciones.

—¡Menudo fenómeno!

—¡Claro que sí! Doña Problemas es una profesional de lo suyo, y nunca deja un problema sin resolver.

—¡Ya veo!

—¡Acabamos de detener a un estafador! —exclamó Carmen.

Mercedes se quedó con la boca abierta y anotó en una libreta.

—¿Es eso cierto?

—Claro que lo es. Tienes que ayudarnos a recuperar a Riqui, tienes que ayudarnos a publicar el anuncio —suplicó Carmen.

—Lo siento, pero los anuncios en el periódico no funcionan así.

Carmen se puso muy triste.

—Para comprar un espacio publicitario hay que llamar a una agencia y..., bueno, no sé cuánto tenéis en ese bote. Pero creo que necesitaríais un bote más grande. Bastante más grande.

—¿Y qué podemos hacer? ¿Podrías ayudarnos?

—De hecho, creo que sí que podría... Me parece que sois unos niños excepcionales. Me ha encantado todo lo que me habéis contado. Ahora quiero saberlo todo. Cómo empezaste, Carlota, y qué problemas has resuelto. Lo que pasó en el recreo con esa profesora *influencer*. Lo de tu lora, Carmen. Lo de que acabáis de detener a un estafador... Creo que es una historia de interés humano. Es algo que le puede gustar mucho a la gente. Te sacaré en el periódico, y así la gente conocerá el caso.

—¿Pondrás el anuncio? —dijo Carlota.

—¿Cómo?

—Si escribes un artículo sobre mí, ¿pondrás el anuncio de Riqui?

Mercedes sonrió.

—Lo pondré.

—¡Pregunta lo que quieras!

La periodista abrió una aplicación de su teléfono y apretó un botón rojo. Empezó a grabar la conversación.

9. Un anuncio en el periódico a toda página

Al día siguiente, durante el recreo, tuvimos muchos asuntos de que ocuparnos. Dos niñas de primero de primaria se habían peleado por una jirafa de peluche y casi le habían arrancado la cabeza. Doña Problemas tiene un kit de costura, pero este tipo de problemas me gusta resolverlos a mí. Tengo más paciencia y se me da mejor enhebrar una aguja, así que los conflictos de costura los llevo yo. Encontramos un hilo marrón y me puse a trabajar sentado en un taburete plegable que tenemos.

Mientras yo estaba ocupado, escuché cómo Carlota hablaba con una niña de segundo que necesitaba un bolígrafo rojo porque había perdido el suyo, y con una de secundaria que estaba enfadada porque quería saber por qué una amiga la había dejado de seguir en redes sociales. Entregué la jirafa a su dueña, que se pasó todo el recreo sentada a mi lado viéndome coser.

Justo en ese momento, llegó Liam. Es un niño de segundo, que suele jugar solo y que me cae muy bien.

—¡Ah! ¡Hola, Liam!

—¡Hola, Carlota! Me dijeron unos niños de mi clase que viniera a verte.

—Sí. Tengo una sorpresa para ti. ¿Te acuerdas cuando viniste hace dos semanas y me dijiste lo que te había pasado con tu Transformer?

—Cómo no acordarme. El Optimus Prime que me regalaron en mi cumpleaños. Lo traje al colegio y en el recreo me lo pisó uno de los futboleros y lo partió en pedazos. Intentaste arreglarlo y nada.

—Sí. Y te dije que no podía comprarte otro porque era muy caro. ¿Te acuerdas?

—Claro que me acuerdo.

—Pues… ¿sabes qué? Ahora he conseguido dinero.

Doña Problemas sacó una bolsa de un centro comercial, y de ella, un Optimus Prime nuevecito. Liam pegó un grito. Se fue dando botes, estaba en éxtasis.

—¡Utilízalo en casa! ¡Es demasiado delicado para el colegio!

—¿Y eso? —pregunté.

—¡Bueno! Ahora tenemos un bote lleno de monedas y he pensado que estaría bien utilizarlas para ayudar a los demás.

—Espero que no se corra la voz —comenté—, si no, creo que los problemas van a empezar a ser que necesitan el nuevo SuperMario o unos auriculares más chulos.

Sonó el timbre y nos dirigimos a nuestras clases. Alguien nos llamó:

—¡Chicos! ¡Os estábamos buscando!

Eran Inés y Esti. Son dos profesoras de primaria que nos conocen bien. Inés nos da Inglés a los dos y Esti le da Lengua a Carlota. Traían en la mano el periódico del día.

—¡Pero bueno, chicos! ¡La que habéis liado! ¿Habéis visto esto?

Carlota cogió el periódico y lo abrió.

—¡La verdad es que todavía no habíamos tenido tiempo! No pude pasar por un kiosco de camino al cole.

—¡Pues aquí estáis! ¡Sois noticia!

Allí estaba, negro sobre blanco. El titular, enorme:

ASÍ ES DOÑA PROBLEMAS,
LA SUPERHEROÍNA
QUE TODAVÍA VA AL COLEGIO

—¡Ja! —sonreí al leer aquello tan bonito.

Carlota lo estaba leyendo con atención. Contaba todo lo que habíamos explicado, lo que hacíamos en el cole, lo que pasó con lo de los recreos, lo del cine, lo del estafador..., todo.

—Pero aquí no viene... —murmuró Carlota, extrañada.

Eran dos páginas enteras, con una foto nuestra con Carmen y una foto sacada del vídeo de internet. Pero el anuncio... ¿dónde estaba?

Lo encontramos al girar la hoja. Ocupaba una página completa. Y tenía primero un mensaje:

Por petición de Doña Problemas, imprimimos un anuncio que quiere compartir con los lectores de La Noticia. *Si tienes información sobre esta mascota desaparecida, escríbenos.*

—¡Qué bien! ¡Han cumplido! —dijo Carlota.

Sí que habían cumplido. Mercedes se había portado. ¿Y cómo no iba a cumplir? ¿Cómo no le iba a interesar a la gente la historia de Doña Problemas?

—Ha venido alguien a buscarte. ¡Al cole!

—¿Cómo?

—Tenéis una visita —nos dijo Esti.

Nos llevó al recibidor y abrimos la puerta muy intrigados. Allí nos estaba esperando una señora. No la habíamos visto en nuestra vida.

—¿Hola? —preguntó Carlota.

—¡Hola! ¡Doña Problemas! ¡Eres tú!

—¡Sí! ¿Quién eres? ¡No te conozco!

—He leído tu reportaje en el periódico de hoy y creo que te puedo ayudar. Soy Menuda Pájara.

Nos miramos y sonreímos.

10. Encontrar una ninfa

Menuda Pájara es la mayor especialista en pájaros de internet. Cuando leyó la historia de Doña Problemas en *La Noticia*, se emocionó mucho, como tantos otros lectores. Se puso en contacto con nosotros porque pensó que podía aportar su granito de arena. Y era más que un granito. ¡Era un granazo! Esa misma tarde nos vino a buscar al cole con una mochila gigante como la que llevan los repartidores de comida. Llevaba una red en la mano y muchos collares con un montonazo de silbatos diferentes.

—¿Cómo vamos a encontrar a Riqui? —le pregunté.

—El secreto —empezó a explicarme— es ser Riqui.

—¿Ser ella? —Carlota estaba interesadísima—. ¿Qué quieres decir?

—Para entender a las aves, tienes que pensar como ellas. Tienes que sentir lo que ellas sienten. Comer lo que ellas comen —dijo, mientras mordisqueaba una pipa.

Señaló la ventana del piso de Carmen. No la habíamos avisado porque no queríamos darle falsas esperanzas, pero comenzamos la búsqueda en su mismo barrio, observando la ventana por la que había escapado Riqui.

—Ella salió de allí, desorientada. Seguramente creía que iba a entrar en la jaula. Imaginad su confusión, su perplejidad al salir al exterior. Pensaría... ¿Es esto mi jaula? ¿Por qué es tan grande? ¿Qué está ocurriendo?

Vimos cómo a Menuda Pájara se le caía una lágrima, emocionándose por empatía con la lorita perdida. A mí también se me estaba encogiendo un poquito el corazón.

—¿A dónde iríais? ¿Hacia dónde volaríais si fuerais ella?

Miramos a nuestro alrededor y vimos una arboleda de un parque gigantesco que hay en esa zona.

—¡Al parque! —dijimos a la vez Carlota y yo.

—¡Al parque!

Menuda Pájara empezó a mover sus brazos como si fueran alas, y la seguimos en dirección a ese parque.

Nosotros no movimos nuestros brazos porque nos daba vergüenza, pero era genial ir con alguien tan increíble como ella.

—Por cierto, ¿cómo te llamas?

—¿Qué quieres decir?

—Menuda Pájara no es tu nombre de verdad, ¿no? —preguntó Carlota con una sonrisa.

—No, claro que no —también rio ella—. Me llamo María Pájara.

—¿Te apellidas…?

—Sí. Digamos que nací con mi destino marcado.

Menuda Pájara era increíble. Es como si Carlota se apellidase Problemas. Llegamos al parque y empezamos a analizar el entorno. Caminamos y caminamos hasta que llegamos a la zona más frondosa. Había árboles y árboles altísimos por todas partes. Era estupendo, la verdad.

María se quedó con los ojos cerrados, superconcentrada.

—¿Qué estás haciendo? —pregunté.

—Estoy... escuchando.

—¿Y qué escuchas? —insistí.

—Los pájaros —respondió Pájara—. Escuchadlos vosotros.

Se podían oír muchos trinos diferentes perdidos dentro de esas hojarascas, dentro de esas copas altísimas.

—¿Qué escucháis?

—Muchos pájaros —dijo Carlota.

Menuda Pájara sonrió.

—Muchos pájaros, efectivamente. Hay dos herrerillos. Una lavandera. Escucho... cuatro mirlos. Uno está muy contento. ¡Hoy ha merendado muy bien!

Estábamos inmóviles viendo trabajar a una maestra de lo suyo. Sus ojos cerrados, sus oídos abiertos, su cabeza literalmente en las nubes. Estaba conectada con el pajarismo. Estaba en trance.

—Una paloma tiene sueño... —escuchó en medio de todo ese tumulto de trinos—. Una urraca busca un sitio para esconder un anillo que acaba de encontrar, pero está preocupada porque otra urraca la ha visto y sabe que va a intentar robárselo. Dos jilgueros se han enamorado.

De repente abrió los ojos.

—Una ninfa verde está llorando. ¡Está aquí! ¡Riqui está aquí!

Nos miramos los tres.

Abrió su mochila y vació en el suelo un paquete entero de alpiste, nos mandó escondernos detrás de un arbusto y nos pusimos a observar.

Bajaron docenas de palomas, de gorriones, de pájaros de todo tipo. Pero ninguno parecía una lorita. Se puso a seleccionar uno de los muchísimos silbatos que llevaba al cuello. Al soplarlo se escuchó un pitido muy suave, casi nada, parecía viento. Pero funcionó. Funcionó muchísimo. Riqui bajó suavemente de una rama y se puso a comer el alpiste entre los otros pájaros. Nuestros corazones pegaron un vuelco.

Menuda Pájara se dirigió al montón de pájaros y ninguno pareció asustarse o percibir su presencia. Se agachó cerca de Riqui y se puso a cantar:

—¡Suéltalo! ¡Suéltalooooooo! —cantó Menuda Pájara.

—¡No lo puedo ya reteneeeeeeer! —contestó Riqui.

Era ella. La teníamos.

No os podéis imaginar la cantidad de besos y abrazos que nos dio Carmen, cómo se emocionó cuando media hora más tarde nos pasamos por su casa para entregarle su mascota desaparecida. Es lo bueno de nuestro trabajo, ver las caras de las personas a las que ayudas a superar sus problemas. Hace que todo merezca la pena.

Los padres de Carmen nos hicieron fotos con ella, Riqui y Menuda Pájara. Decidimos enviarle alguna a Mercedes para darle las gracias por lo que había hecho. Y nos marchamos.

Cuando nos despedimos de nuestra nueva amiga y desde ahora colaboradora en temas relacionados con la ornitología, Menuda Pájara, nos quedamos solos Carlota y yo.

—¡Vaya aventura! ¡Ha sido increíble! —exclamé.

—Como siempre, resolver problemas es lo mejor del mundo. Me alegro de haber elegido esta profesión, la verdad.

Sonreí. Tenía razón. Da gusto cuando eliges una profesión que te gusta ya de joven. Estaba claro que nos íbamos a dedicar siempre a esto.

—Tengo hambre —dije.

—Vamos a comer una hamburguesa —propuso Carlota—. ¡Nos la hemos ganado!

Y sacudió el bote de cacao.

Epílogo

Julián, de 5.º B, vino a nuestro despacho a decirnos algo que nunca, nunca, queremos oír. Había perdido una zapatilla de deporte en clase de Educación Física.

—No sé qué puede haber pasado… Se me olvidó meterla en la bolsa y luego…

—Tranquilo, vamos a recuperártela —le dije—. Vuelve al acabar el recreo.

Nunca queremos oír eso, porque significa visitar el cuartito de los objetos perdidos. Es una pequeña habitación construida en el hueco de una escalera en la que los profesores colocan, a principio de curso, e intentan encajar, a mitad de curso, los objetos que perdemos los alumnos y alumnas del colegio. Odiamos visitar ese lugar por muchas razones, pero la principal es porque... ¡apesta!

En septiembre, cuando empieza un curso nuevo, no se está mal. Se puede visitar. Hay alguna chaqueta, algún cuento, un Pokémon..., y huele a limpio.

Pero a estas alturas de curso es un absoluto infierno. Una pesadilla. Zapatos desparejados sudados, calcetines humedecidos, abrigos heredados de primos de primos de vecinos... Un olor verdaderamente indescriptible. Huele como si las colchonetas del gimnasio cuando tenemos clase después de los de sexto estuvieran rellenas de jamón podrido. No sé. Es asqueroso.

Un horror. Pero hoy no nos importó tanto, porque estábamos preparados.

Carlota sacó una bolsa que contenía dos máscaras de protección especial. Se utilizan para trabajar con cosas apestosas. Tienen respiradores artificiales y un sistema que nos protege del colapso sensorial que supone visitar ese cuarto.

Nos costaron 24,99 € cada una en internet. Pero ahora nos lo podemos permitir.

Entramos con las máscaras en el cuartucho y fue como un mundo nuevo.

—¡Es increíble! ¡No huele a nada!

Rebuscamos con tranquilidad hasta que encontramos la zapatilla desaparecida. La metimos en una bolsa de plástico hermética (1,50 € una caja de 20 unidades en el supermercado) y nos marchamos del lugar más apestoso del colegio sin sufrir ni un solo segundo.

—¡Puaj! ¿De dónde venís? ¡Apestáis! —dijo Hugo, al cruzarse con nosotros.

Nos encogimos de hombros. Eso era un efecto secundario. Aun así, nos rociamos con una colonia de naranja y lavanda que nos encanta (3,50 € en el supermercado).

Volvimos al despacho para entregar la zapatilla, y Julián se mostró muy agradecido.

—¡Por cierto! —dijo—. Ayer rebusqué en el sofá. Y mirad lo que encontré. ¡Dos eurazos!

—¡Qué bien! —sonreí—. Ponlos en la hucha, por favor.

En la mesa de nuestro despacho está permanentemente nuestro bote de cacao. Pone escrito con rotulador: *DOÑA PROBLEMAS*.

Entraron Luisito y Amalia y dejaron caer alguna moneda dentro. Luego un niño de clase de Carlota, otro de secundaria... Cada día, varias docenas de alumnos descubrían que por alguna razón mágica siempre aparecía otra moneda más debajo de los cojines.

Ahora todos los niños y niñas del colegio tienen la costumbre de repasar los sofás de sus casas para contribuir a la hucha de Doña Problemas. Con ese dinero financiamos la solución de los problemas de todo el mundo. Carlota no necesita quedarse sin ahorros, y a todo el mundo le parece justísimo. Carlota pone una hoja al lado en la que explica todos los gastos para demostrar que es muy honrada y que no se gasta nada en tonterías. Solo en solucionar problemas.

—¡Estábamos haciéndonos un selfi subidas a un banco —nos explicó Helena, de secundaria—, y uno de esos brutos que juegan al baloncesto falló una canasta, me dio un pelotazo en el teléfono y me reventó la pantalla! ¡Si mi padre se entera, me quitará el móvil! ¿Cómo voy a hacer los trabajos de clase? ¿Cómo voy a hacerme selfis?

Carlota me miró y me dijo:

—Trae el bote.

El Hematocrítico

El Hematocrítico (Miguel López) nació en A Coruña en 1976. Profesor de Educación Infantil, Inglés y Primaria, escribió varios títulos infantiles de éxito, como la serie El Bosque de los Cuentos (Feliz Feroz, Agente Ricitos, El lobo con botas, Rapunzel con piojos, Excelentísima Caperucita, ¡Menudo Cabritillo!, Agente Ricitos: Misión Princesa *y* Muerto de hambre); *la colección de cómics infantiles* Leyendas del recreo, *los libros para prelectores* Un perro, Mi hermono *y* Gaviota gourmet; *la antología colectiva* Fantasmada... *También es autor de* Cuadernito de escritura divertida, Mi diario de verano *y la serie Max Burbuja. Junto a Noel Ceballos firmó la novela para adultos* Los cinco superdetectives: Aquí no bebíamos cerveza de jengibre *y creó su popular programa* Los Hermanos Podcast. *Añadimos a esta bibliografía los libros de humor que nacieron en*

sus blogs, como El Hematocrítico del arte. *Colaboró como columnista con las revistas* Cinemanía *y* GQ, *y como guionista en* Los Felices Veinte, *programa presentado por el director de cine Nacho Vigalondo. Fue el creador de proyectos de humor en internet con tanta repercusión como* Drama en el Portal o Legends of Hemato. *El Hematocrítico falleció el 27 de noviembre de 2023 a la temprana edad de 47 años.*

Paco Roca

Paco Roca (Valencia, 1969) estudió en la Escuela de Arte y Superior de Diseño de Valencia. Aunque su trabajo se centra en los cómics, compagina su tiempo con la ilustración y las charlas y talleres. De su extensísima bibliografía comiquera, cuyos trabajos se han traducido a una decena de idiomas y han sido multipremiados, destacamos: Arrugas *(2007), Premio Nacional de Cómic 2008, Gran Premio Romics de Roma, Premio Gran Guinigi de Lucca, Excellence Award del Japan Media Art Festival, nominado a los Premios Eisner;* El invierno del dibujante *(2010); la trilogía Un hombre en pijama* (Memorias de un hombre en pijama, Andanzas de un hombre en pijama *y* Confesiones de un hombre en pijama); Los surcos del azar *(2013);* El tesoro del Cisne Negro *(2018), con guion de Guillermo Corral, Premio Splash Sagunt, Premio Héroes Cómic Con de Madrid;*

Regreso al Edén *(2020), premio de ACDCómic (Asociación de Críticos y Divulgadores de Cómic de España) a la mejor obra nacional de 2020. Ese mismo año,* La casa, *editada en Estados Unidos por Fantagraphics en castellano e inglés, ganó el Premio Eisner en la categoría de mejor edición de material internacional. En 2021,* El invierno del dibujante *fue nominada al Premio Eisner a mejor edición norteamericana de material internacional y al Premio Harvey a mejor obra internacional. En 2023 publica* El abismo del olvido, *firmada junto a Rodrigo Terrasa. Además, algunos de sus cómics han sido llevados al ámbito audiovisual, como es el caso de* Arrugas *(Ignacio Ferreras, 2011), que obtuvo el Goya a la mejor película de animación y el Goya al mejor guion adaptado,* Memorias de un hombre en pijama *o* El tesoro del Cisne Negro, *convertido en serie de televisión* (La Fortuna) *dirigida por Alejandro Amenábar. En 2021 le fue otorgada la Medalla de Oro al Mérito en las Bellas Artes.*

Índice

Este libro se terminó de imprimir el 2 de
abril de 2025, Día Internacional del
Libro Infantil y Juvenil, 220 años
después del nacimiento de Hans
Christian Andersen, escritor
y poeta danés, autor de,
entre otras muchas
obras, La princesa
y el guisante,
La sirenita *y*
El patito
feo.